貓兒房事務所

6 尋找喵繡天才

作者／兩色風景　繪圖／鄭兆辰

人物介紹

石鼓

石鼓的身體強壯，但長相凶狠，而且脾氣火爆，容易衝動。

他有一個可愛的妹妹，叫做釉子。出於保護妹妹的責任感，石鼓練就了一身高強的武藝，尤其特別喜歡以棍棒作為兵器。此外，他還有一些不為人知的小祕密，比如他最不願意承認的弱點竟然是怕老鼠。

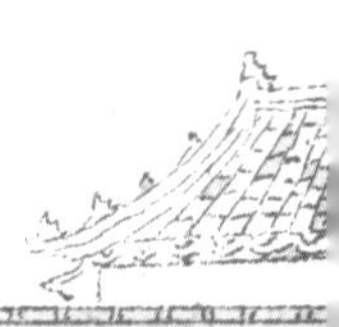

釉子

釉子的世界很單純，小時候的記憶裡幾乎只有哥哥——石鼓。她希望自己有一天能成為成熟穩重、能力超強的「御姐」。另外，她還有一個非常厲害的天賦——超大力！

尺玉

尺玉很有正義感，決定做一件事之前不會張揚，腦子卻轉得飛快，常常「不鳴則已，一鳴驚人」。他思考問題時總要吃點東西，思路才會順暢。平時會用一把紅傘作為武器。

琉璃

琉璃是一隻身材苗條、貌美如花、冷若冰霜、能力極強，遇到再大的困難也不會退縮的橘貓。外冷內熱的她無法抵擋小動物散發出來的萌系光波，只要看到受傷的小動物，她一定會救助。不過她也有迷糊的一面，比如是個路痴……

西山

西山是一名學者，致力於科技與發明，對故宮的一切都如數家珍。他很喜歡和晚輩貓貓們交流，經常耐心的講歷史故事給他們聽，也喜歡從他們那裡了解現在流行的事物。

日暮

日暮是一隻體型中等偏胖的狸花貓，身體非常健康。年輕時的日暮對古蹟、文物等很感興趣，但不受拘束的性格與愛好自由的天性，讓他在很長一段時間內不斷嘗試新事物，卻找不到貓生努力的方向。直到遇見當時也還年輕的西山，加入考察團後，日暮從此一展所長，現為貓兒房事務所最強的外援。

目錄

第一章

捕鳥行動

貓兒房事務所忽然進入了如臨大敵的狀態！

有一位大腹便便的貓先生，提著兩個空鳥籠衝進了貓兒房事務所的辦公室，只見他咬牙切齒，一副要來踢館的樣子。

但是，貓先生進入辦公室後卻沒有下一步動作，原來是被一名冷若冰霜的貓小姐擋住了去

路。她就像憑空出現一般，並且擺出準備戰鬥的姿勢，像是在說：別想輕舉妄動，否則後果嚴重。

「琉璃小姐、琉璃小姐。」西山連忙像招財貓般揮手，制止新成員。「這位應該是客戶，匆匆忙忙跑進來必有急事，你冷靜一點。」

「我們是請你來當宮貓，不是門神。」尺玉嘲笑。

琉璃瞪了尺玉一眼，才退到旁邊，彷彿什麼事都沒發生過。

「不好意思，剛剛失禮了。請問您有什麼心願呢？」

聽見西山的提問，貓先生將兩個空鳥籠往茶几上用力一放，

大聲哭喊：「我的小可愛們都飛走了！請幫幫我！」

貓兒房事務所全體成員都滿臉疑惑。

原來，貓先生是一名遊客，趁著天氣好來故宮參觀。他還帶著兩個鳥籠，裡面有四隻他心愛的鸚鵡，包括虎皮、牡丹、桃面和玄鳳四個品種。貓先生想在遊覽故宮時，讓鸚鵡們也受到文化的薰陶。本來一切十分順利，直到他放下籠子去拍照時，一隻淘氣的小貓打開了籠子的門，導致所有鳥都飛走了！

看見貓先生站在原地難過不已，路過的宮貓趕緊提醒他：「別沮喪，貓兒房事務所就在附

近，去找他們幫忙吧！」

「原來如此。」尺玉說：「雖然這個情況和我們的服務內容不太相關，但是助貓為樂，我們當然義不容辭。不過，您來故宮為什麼要帶鸚鵡呢？」

「因為我愛牠們，牠們是我的家人呀！」貓先生理所當然的回答。

「這個答案真好，那接下來就交給我們吧！」尺玉又問：「我們可以利用鳥的習性找到您的鸚鵡，牠們有什麼習性嗎？」

「牠們吃飯的時間快到了，可以用飼料引誘。」貓先生邊說邊拿出一袋金黃色的鳥飼料。「也可以學鳥叫，能吸引牠們的

注意。」

「聽起來很簡單啊！」石鼓開心的說。

「不簡單，否則我自己就能找回來了。鸚鵡的智商很高，一旦牠們判斷環境不安全，用任何方法引誘都不會靠近你。」貓先生說這段話時，隱隱約約透露著自豪。

「您最後看到鸚鵡們是在這附近嗎？」釉子問。

「對，牠們剛才還停在那棵大樹上。」貓先生走到門口，伸手指向遠方。

琉璃二話不說，率先跑出貓兒房事務所。

「竟然搶先一步！」尺玉不

滿的說，接著馬上催促石鼓兄妹：「我們也快走吧！」

年輕的宮貓們爭先恐後的衝出去執行任務，留下貓先生緊握雙手在後面喊著：「拜託你們了！小心別傷到我的小可愛們呀！」

四位宮貓很快趕到了那棵大樹下。琉璃雖然最先出發，卻是身手敏捷的尺玉後來居上。釉子身材嬌小，和平常一樣坐在石鼓肩上。儘管石鼓動作不夠靈活，但步伐很大，很快就能趕上夥伴。

他們抬頭望著大樹，只見高處一根樹枝上，正停著貓先生走

失的四隻鸚鵡。牠們或許是習慣了有彼此相伴，因此雖然掙脫了籠子的束縛，卻沒有分散，仍然湊在一起好奇的四處張望，啾啾鳴叫。

「太好了，就這樣別動！」尺玉雀躍的說。

他抬頭望著鸚鵡，鸚鵡則向下看著他。僵持了一會兒後，尺玉出其不意的蹬地，沿著樹幹快速往上爬，他手腳並用，攀爬速度極快。

但鸚鵡畢竟有翅膀，牠們迅速展翅往更高處的樹枝飛去，幸好還是沒有各自飛走。

尺玉只好放棄爬樹，回到地面上。「看來不能用強硬的手

段，如果牠們從樹上飛走就糟了，必須想別的辦法。」

「設陷阱？不，太浪費時間了。」石鼓不斷自言自語：「用彈弓？可是打傷牠們太殘忍了……」

釉子忽然眼睛一亮。「我有辦法可以遠遠的抓住牠們。」

她把手中的披帛當作牛仔的繩索般揮舞，然後奮力拋向高處的鸚鵡。

就在這時，尺玉突然一腳踢開釉子的披帛。

「啊！」釉子著急的問：「尺玉哥哥，你在做什麼？」

「我的腿都被你的披帛震到發麻了。」尺玉撫摸著自己的

腿。「我怕那些小鳥會被你勒成標本。」

釉子恍然大悟，她總是控制不好自己的力氣，於是不好意思的吐舌頭。

「這些方法都不行，那該怎麼辦呢？」石鼓無奈的攤開手。

有想法的尺玉看向琉璃，大家立刻心領神會。

琉璃有一招「隱行」，可以讓自己像變色龍一樣融入環境中，悄悄接近目標。

「我屏息使用隱行時，移動的速度會受限。」琉璃望著高處，平靜的說。

「別擔心，我來幫助你跳上去。」石鼓躺到地上，深吸一口

氣，讓肚皮變得圓滾滾的，彷彿一顆彈性十足的大皮球。

琉璃踏上石鼓的肚皮，然後一飛衝天！

「唰！」的一聲，她降落在鸚鵡附近的樹枝上。

四隻鸚鵡還在吱吱喳喳的鳴叫著，並未發現不遠處的不速之客。

琉璃沿著樹枝，慢慢向前挪動。接著，她悄然無聲的踏到另一根樹枝上。然而，那根樹枝與其他樹枝重疊又交錯，複雜的路線讓琉璃眼花撩亂。

突然間「啪！」的一聲，琉璃一腳踩空就要掉下來時，幸好她眼明手快抓住了樹枝，但造成

的晃動還是讓四隻鸚鵡各奔東西了。

當琉璃回到夥伴身邊後，石鼓不解的問：「你不是順利到樹上了嗎？怎麼最後失敗了？」

琉璃沉默不語，氣氛彷彿瞬間凝結了。

「我看，她是在樹上迷路了。」尺玉哭笑不得，為不善言辭的琉璃解釋，再把手裡的鳥飼料分成四份。「我們分頭去追牠們，學鳥叫或丟鳥飼料，希望能把牠們叫回來，千萬不能讓牠們飛出故宮！」

四位宮貓緊盯著在空中飛翔的鸚鵡，各自奔往不同的方向。

「等等！」尺玉忽然喊了一

聲。

大家回頭看他，尺玉則對琉璃說：「差點忘記，你要跟著我，否則我們要找的就不只有鳥了。」

石鼓兄妹忍不住笑了出來，琉璃雖然瞪了尺玉一眼，但還是乖乖跟著他離開。

尺玉和琉璃的動作都很敏捷，抄近路、跳圍牆，很快就發現了黃色琉璃瓦上的一點朱紅——一隻牡丹鸚鵡正在屋頂上好奇的啄著裝飾屋脊的脊獸「天馬」。

「啾啾！啾啾！」尺玉模仿鳥叫，牡丹果然隨著聲音看向他。

尺玉對琉璃比劃暗號，琉璃馬上抓了一把鳥飼料，朝空中一撒，牡丹立刻飛離屋頂，上演騰空啄食。

尺玉看準時機出手，眼看就要抓住了，牡丹卻十分機警的朝他的手背猛力一啄，一下子就飛遠了。

「啊啊啊——啾啾！啾啾！」尺玉明明痛到眼角泛著淚光，卻依舊忍痛呼喚。

牡丹聽見叫聲再次回頭，但一直保持距離，不肯輕易靠近。

與此同時，另一隻虎皮鸚鵡正巧飛過。

「快把牠留下來！」尺玉著急的大叫。

琉璃趕忙追向虎皮，她隨手從一棵灌木上摘下葉子，折成葉笛，放在口中吹響。

嗶哩——

那奇怪的聲音讓尺玉實在很想笑，看來音樂不是琉璃的強項，但要讓琉璃這樣沉默寡言的貓活潑的學鳥叫，更是困難重重的任務，所以她才會硬著頭皮以吹響葉笛代替。

令貓意外的是，虎皮竟然折返了，連尺玉努力拖住的牡丹也向琉璃飛去。不過，兩隻鸚鵡飛到一半，卻像突然清醒過來似的掉頭想逃，尺玉嚇得趕快拋出鳥飼料引誘牠們。

這時，釉子和石鼓也從另外

兩個方向趕來，他們上方的天空中各有一隻鸚鵡在飛，兄妹倆也只能用拋擲鳥飼料的方式來控制鸚鵡的活動範圍，卻不知道該如何抓住牠們。

四位宮貓像一群不熟練的新手馴鳥師，只能不停的朝天空拋擲鳥飼料，讓鸚鵡在他們的頭頂繞圈子，形成奇特的景象。有些遊客以為這是一場表演，甚至駐足圍觀。

眼看鳥飼料即將用完，鸚鵡們可能又要各奔東西，宮貓們都陷入了絕望。

這時，圍觀的群眾中走出一位穿著旗袍的貓奶奶，她將一團線球遞給尺玉。「如果你們是想

抓住那些鳥，請用這個吧！」

尺玉接過那團線球，發現它能展開變成一個網子，他隨即有了想法，並且告訴其他夥伴：「我喊一、二、三，你們就把剩下的鳥飼料全部拋往同一個方向。」

「好！」

「一、二、三！」

夥伴們默契絕佳，一拋出鳥飼料，四隻鸚鵡立刻振翅而來，尺玉則看準時機高高躍起，迎向牠們，同時將手中的網子扔過去，像一名依靠捕魚為生的漁夫在奮力撒網——一網成擒！鸚鵡們都被抓住了。

這次的委託雖然不難，卻讓

宮貓們費盡心力啊！

尺玉負責將鸚鵡們送還給牠們的主人貓先生，並監督貓先生把牠們逐一關回鳥籠裡，這才鬆了一口氣。

尺玉正想伸個懶腰時，發現剛才那位貓奶奶在一旁慈祥的笑著，趕忙將網子還給她。「謝謝您的幫忙。」

「這個網子我拿回去也只是裝水果，留給你們也許能派上更大的用場。」貓奶奶慷慨的搖搖手，接著說：「而且也別急著向我道謝，我馬上就要請你們幫忙了。」

第二章

織造奶奶的心願

原來貓奶奶也是貓兒房事務所的客戶。

捕鳥行動只能算是熱身，今日的心願委託任務，現在才正式開始。

當尺玉四貓簇擁著貓奶奶走進貓兒房事務所的辦公室時，一向「聞風不動」的西山立刻從辦公桌後起身迎接。「織造老師，

好久不見。」

以為有八卦可聽的釉子馬上豎起耳朵。「西山老師，你認識這位奶奶啊？你們之間有什麼故事嗎？」

西山笑道：「當然認識，我們都是宮貓，但織造老師深居簡出，你們才會沒有印象。」

「這位奶奶是老師？教書的那種嗎？」

「這裡的老師是尊稱，她的本職是一位繡娘。」

繡娘是從事喵繡的女性工藝師。喵繡是平原國的傳統手工藝，有數千年的歷史，類別眾多，技法繁複，對一般貓民的日常衣物製作有著重要的裝飾作

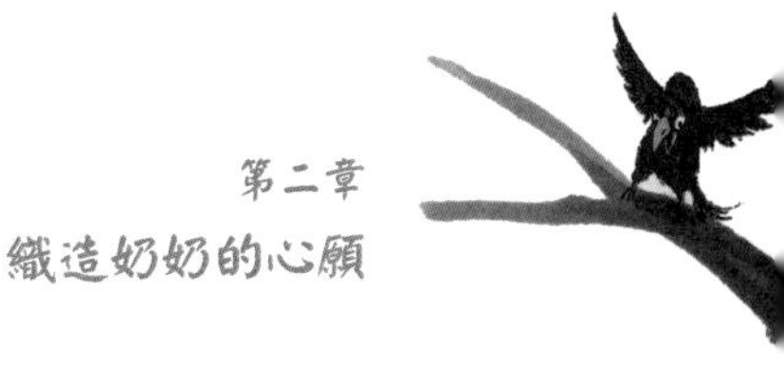

用。其中，宮廷喵繡更是在材質、技藝、審美等方面領先於民間，在故宮萬千展品中擁有獨特的地位。

「那織造奶奶每天都在不停的刺繡嗎？」釉子好奇的問。

織造奶奶摸了摸釉子的頭。「我的主要工作是研究宮廷喵繡的技法，並對損壞的宮廷繡品進行修復。因為年代久遠，很多繡法都失傳了，我只能反覆研究、實驗，盡可能重現它們，達到修繕的效果。」

織造奶奶說的內容，全部都是年輕的宮貓們沒有接觸過的領域，他們並不完全了解，但都認為這是一件辛苦的工作。

「在這樣艱辛的工作過程中，織造老師卻還能開發出全新的技法，將喵繡帶到新的境界。」西山補充說明。

織造奶奶不好意思的搖頭說道：「過獎了，不同類別各有千秋。像是北方的『躍繡』擅長透過深淺色的搭配，打造出浮雕的效果，因此他們繡的魚都栩栩如生。南方的『郁繡』總是色彩富麗、構圖活潑，因為他們的蠶能吐出五顏六色的絲……」

織造奶奶聊起喵繡，整隻貓好似恢復了青春，各地特色信手拈來，甚至情不自禁做起飛針走線的動作。

「看來織造奶奶真的很喜歡

喵繡！」釉子讚嘆。

西山說：「織造老師的工作已經成天都在和針線打交道了，但她下班後還會打毛衣和掛毯，並將作品到處分送，你們剛才用的網子就是其中之一。」

尺玉四貓越來越欽佩眼前的貓奶奶，當事貓卻只是謙虛的微笑。

突然，織造奶奶輕輕嘆了一口氣。「我將一輩子都奉獻給喵繡，只可惜我一身的技藝，最後恐怕會失傳……」

大家都很意外，從剛才的談話中，可以發現織造奶奶對喵繡的感情深厚，不像是要放棄的樣子。「發生什麼事了？」釉子急

忙關心。

織造奶奶從懷中掏出一條手帕。「去年，我開創了『香繡』這個技法……」

那條手帕上繡著栩栩如生的花朵，眾貓還聞到一陣陣的花朵香氣，連琉璃都破天荒的開口讚美：「香。」

「香繡的祕訣是對絲線進行加工，混入各種氣味濃郁的汁液，再根據刺繡時針法和繡功的變化，便能讓成品散發出不同的香氣。」

「御膳房的阿炊穿的圍裙總是飄出糕點香味，我還以為是做菜時熏的。」尺玉很快聯想到以往的經歷，立刻詢問：「那件圍裙也是運用了香繡的技法嗎？」

織造奶奶點頭。「沒錯，那件圍裙是我為阿炊織的，針線都加進了食材的成分，也參考了烹調的步驟與火候。」

「如果把茶葉的成分加進絲線中，再用它們繡衣服，我就可以隨時沉浸在茶香中了。」西山已經在想像那美好的畫面了。

「如果棉被能夠散發出青草的氣味，我會覺得自己睡在草原上吧！」石鼓也突發奇想。

「這些都能運用香繡達成，只是，有一個問題：只靠我，無法滿足那麼多貓的需求。」織造奶奶煩惱的說：「這門技藝十分難學，需要投入很多時間與精

力。總有一天，我會老得無法繼續喵繡，實在不甘心讓這些技法失傳啊……」

釉子眼睛一亮，積極的提出想法：「我們來舉辦一場選拔大會，幫您選出一名繼承貓，將喵繡發揚光大吧！」

西山一聽，便坐到電腦桌前。「好主意，我這就製作傳單，再交給你們發放。」

看著大家幹勁十足，織造奶奶相當欣慰，慶幸自己來到貓兒房事務所尋求幫助。

貓兒房事務所的號召力一向很強大。

傳單以故宮為中心向外發放

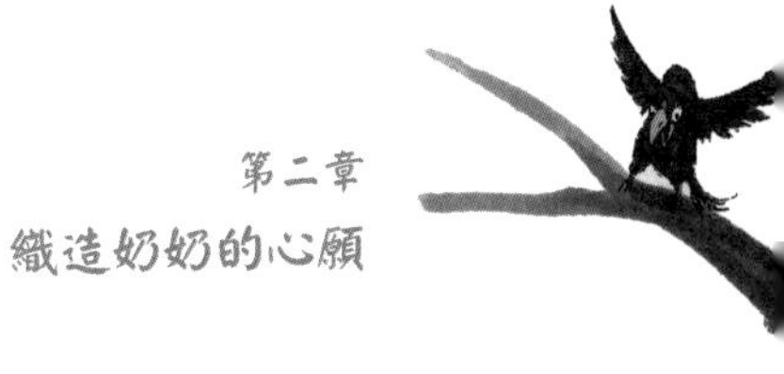

一天後，便吸引了數目可觀的報名者，甚至有不同的年齡層，他們全都在指定的時間聚集到貓兒房事務所前方的廣場上。

織造奶奶面對這樣的陣仗，驚喜不已，她喃喃道：「喵繡是一個辛苦的工作，我以為感興趣的貓不多……」

釉子開心的說：「美好的事物一定能吸引到懂得欣賞的貓！」

「織造老師，請上臺為大家說一些話。」西山提議，並拿出一支牽牛花造型的麥克風。

現場的貓相當躁動，議論紛紛。

「大家稍安勿躁！」石鼓搖

動他的錫杖，九環碰撞發出「噹啷！噹啷！」的聲響，現場的說話聲終於變小。

織造奶奶清清喉嚨，拿起麥克風說：「今天很高興與大家在這裡相聚，無論最終我們是否有師徒之緣，都感謝您對喵繡的喜愛。」說完，便向大家優雅的一鞠躬。

尺玉被這種薪火相傳的氣氛感動，對琉璃說：「也許我們老了也能開課傳授經驗，培育新一代的宮貓。」

琉璃沒有回應，只是微微皺眉。

尺玉困惑的看著她，不過很快便發現了：現場有好多貓的注意力都不在織造奶奶身上，他們關注和討論的是——貓兒房事務所的成員。

「那隻揹著傘的貓就是吃魚先生，好酷啊！」、「那位看起來冷冰冰的美女據說是新成員，叫做琉璃！」、「釉子妹妹真可愛！希望她能用『超大力』幫我簽名！」……

石鼓又開始維持秩序。「喂！你、你，還有你！」他像是嚴厲的老師，糾正在課堂上說話的頑皮學生。「不要竊竊私語，你們到底是來做什麼的？」

一位貓小子竟然舉手回答，他的表情很興奮，彷彿演唱會上被抽到和偶像合唱的幸運兒。

「當然是來見貓兒房事務所的各位啦！」他的話立刻引起一陣附和。

宮貓們瞬間愣住。

「吃魚先生，待會請和我合照！」、「石鼓先生，您讓發福的我充滿自信！」、「西山先生……」

大家懂了：的確有一群貓是看了傳單後，前來參加選拔大會的，但也有一群貓純粹是來湊熱鬧的。

「喂、喂、喂！喵繡傳承是很嚴肅、神聖的事，搞錯重點的貓趕快離開！」石鼓嚴厲的宣布，卻馬上露出笑容讚賞：「但我還是要肯定你們的品味，尤其

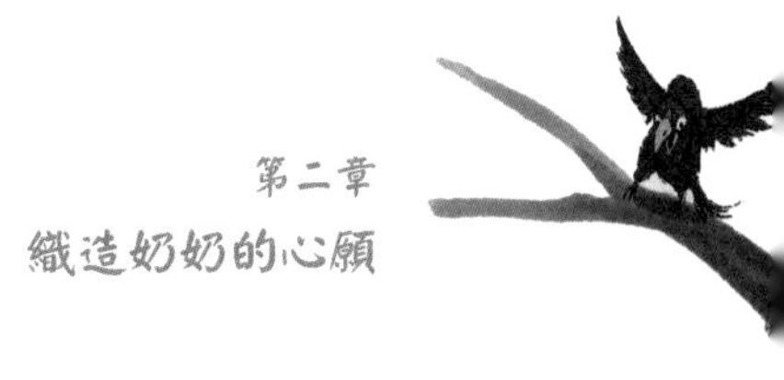

是喜歡我的貓，眼光不錯！」

一批粉絲貓就這樣被請出場，留下的貓數頓時少了一半。

「沒關係，重質不重量。」織造奶奶樂觀的說：「接下來，就請剩下的有心貓依序上前面試，好嗎？」

在宮貓們的指揮下，剩下的貓很快排成一列。

選拔大會正式開始了。

一號選手是個貓小子，蓬頭垢面，一直懶洋洋的舔著手背，彷彿那是一根美味的棒棒糖。

「男生適合嗎？」釉子有點擔心。

織造奶奶對她說明：「這一行不分男女，比如草原地區的繡

郎就比繡娘多，他們擅長『巨繡』，用最粗的線繡出最飽滿的圖案，作品尺寸也相當巨大。」

「原來如此。」

解釋完的織造奶奶和藹的問一號選手：「請問你為什麼想從事這個行業？」

一號選手態度輕佻的回答：「賺錢啊！」

「這個回答怎麼有點似曾相識？」尺玉嘲笑琉璃。

「我雖然沒學過刺繡，但也有自信能把亂說話的嘴巴縫起來。」琉璃冷冷的說。

尺玉吐著舌頭，默默退後，卻忍不住數起剛才琉璃說了幾個字——竟然超過二十個！這簡直前所未見啊！

「藝術源於生活，而生活需要品質保證。」織造奶奶並未覺得一號選手的答案不妥。「但如果只是為了賺錢，有其他比喵繡更快速的管道。畢竟從零基礎開始學習，需要五到八年才能上手，而每天的練習時間也不能少於十小時……」

「媽呀！」一號選手聽到這些天文數字，大驚失色。「沒有速成的方法嗎？」

「沒有。」織造奶奶斬釘截鐵的回答。

「下一位。」尺玉直接宣判一號選手出局。

二號選手是位貓少女，剛上

臺就激動告白：「老師，我好喜歡您！我從小就熱愛喵繡，成為您的弟子是我的夢想！」

她甚至上前握住織造奶奶的手，織造奶奶隨即讚賞的點點頭。繡者的手通常會有「職業病」，因為常年拿著纖細的針線，會長出紋路獨特的繭，而二號選手也有，可見她的確有喵繡的底子。

「這是我模仿您的香繡織出來的作品，請您看看。」二號選手信心滿滿的拿出一條毛巾。

然而，一股奇妙的氣味立刻在現場擴散開來。

毛巾上明明繡的是白蓮，為什麼聞起來像……榴槤？

「怎麼了？」二號選手對大家的表情感到困惑，拿起毛巾嗅了嗅。

「這幅作品的針腳有問題，絲線錯誤混搭，就像做菜時搞錯了調味順序，即使『色』的部分過關，『香』和『味』也會出問題。」織造奶奶專業的評論。「這點應該多練習就能進步，但你為什麼察覺不到呢？」

二號選手頓時有些沮喪。「天生對氣味不敏感的我，看來是無法學習香繡了。」

「別氣餒，我看得出來你有天分，可以練習其他類別的喵繡。」

二號選手的眼中重新有了光

芒，她點點頭，帶著希望下臺，大家也總算可以放下捏著鼻子的手了。

三號選手一登場就吸引了所有貓的目光，因為他將毛髮染成五顏六色，而且燙了爆炸頭，配上那張厭世的臉，好像對全世界都心懷不滿。

「現在的藝術太陳舊，包括今天說的香繡！看似創新很優秀，其實只是傳統的老舊！怎樣才能體現生命力？傳承顯然弊大於利！真正需要的是顛覆，徹底顛覆才叫酷！」

三號選手竟然比出嘻哈文化常用的手勢，開始唱起饒舌歌曲，而且每一句都有押韻，讓正在喝茶的西山差點噴出來。

「我贊成藝術必須創新才有生命力，但優秀的傳統累積了很多前輩的智慧，不應該全盤否定。」織造奶奶很客觀的說：「只有去蕪存菁並推陳出新，才會越來越好。」

三號選手不以為然的搖頭，繼續唱道：「狠狠打破那常規，世界不是只有黑白灰！為什麼只能擁抱香味？讓我們來點火藥味！廢墟也是好風景，錯過別怪我沒提醒！」

「要是選了這位當繼承貓，喵繡會變成什麼模樣啊！」釉子想像後，嚇得忍不住發抖。

「謝謝你說的這番話，我們

也尊重多元化！遺憾你的品味太古怪，只好先請你下臺！」石鼓以三號選手說話的方式說道。

「臭石頭，你被他影響了！」尺玉提醒。

「喵嗚！」石鼓趕忙摀住自己的嘴巴。

整個下午，貓兒房事務所陪著織造奶奶，見識了形形色色的選手。有的貓是才能與喵繡毫不相干，有的貓儘管對喵繡略有研究，卻無法達到「繼承貓」的標準。

送走最後一位選手後，織造奶奶眼中有著明顯的失落。

「其實，這也在我的意料中。」她苦笑。「有貓說我太挑

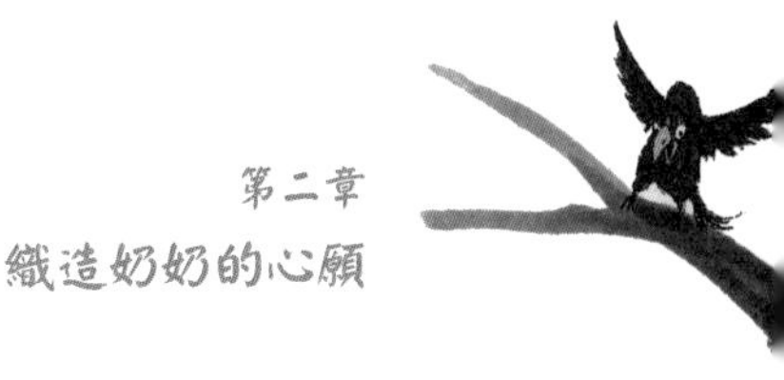

剔，但是像喵繡這樣的非物質文化遺產，選擇繼承貓時若不嚴謹，傳承後留給後世的會變成什麼樣子？我們保留喵繡又有什麼意義？」

大家都能體會織造奶奶的心情，連忙安慰她。

「您以前有沒有遇過適合的貓呢？」釉子不放棄的詢問。

織造奶奶微微仰頭，看向遠方，用懷念的語氣說：「有一個。」

第三章

最適合的繼承貓

幾年前，織造奶奶去一座山裡取材，因為大自然能為香繡提供最純淨的原料。

然而織造奶奶年紀大了，一不小心，竟然跌傷了腿。

在貓煙稀少的深山裡，獨自一貓該如何脫險？幸好吉貓自有天相，一位戴著眼鏡、穿著樸素的貓少女恰巧路過。貓少女叫做

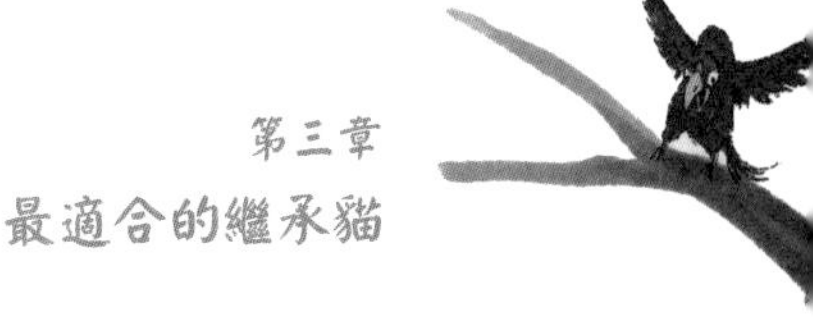

絲絲，她救了織造奶奶，把織造奶奶帶進自己的帳篷，在傷處敷上藥草。由於織造奶奶剛採的材料必須趁新鮮入繡，為了讓她安心養傷，絲絲便決定代勞。織造奶奶教了她一些針法，絲絲身為初學者，竟完成得有模有樣。

「那她豈不是天才？」釉子聽到這裡，忍不住驚嘆。

「是啊！而且她非常細心，也很有耐心，這正是學習香繡必備的條件。」

「為什麼那時候不收她為徒呢？」石鼓心急的問。

織造奶奶嘆道：「這樣優秀的孩子，我也希望她能成為我的徒弟，但她志不在喵繡啊！她喜

歡獨來獨往，興趣是賞鳥，因為可以深入那些無貓居住的地方。其實貓自古以來就是獨居動物，是時代變了，才改為群居，但還有一部分貓保留著古老的生活習慣。」織造奶奶苦笑。「絲絲是個好孩子，為了我的健康，勉強自己陪伴我好長一段時間。在我康復後，她就拒絕再深入鑽研喵繡了，我也不能強貓所難……」

聽完，大家都覺得太可惜了。

這時，琉璃開口說：「再試試看。」

西山也贊同的點頭。「絲絲小姐這麼有潛力，一定值得三顧茅廬。」

織造奶奶眼睛一亮，很快又黯淡下去。「即使我有這個心意，又該去哪裡找她呢？她沒有留給我聯繫方式……算了，強摘的果子不甜。」

「誰說一定不甜的？我偏要摘一個試試看！」石鼓大喊。

尺玉跟著喊道：「附議！」

二貓立刻轉頭看向彼此。尺玉問：「你有辦法了嗎？」

石鼓搖搖頭，反問：「你呢？」得到的答案也是否定的。

情況再度陷入僵局。

最後，打破沉默的竟是琉璃。她的目光落在釉子毛髮間的一根羽毛上，那是之前他們抓回來的鸚鵡留下的。

琉璃捏起羽毛說道：「線索。」

「對了，織造奶奶說過絲絲喜歡賞鳥。」尺玉一下子就理解了琉璃的意思。

「能賞鳥的地方太多了，要找一隻貓就和大海撈針一樣困難！」石鼓無奈的攤開手。

「哥哥，別忘了我們才與一位愛鳥如命的貓先生接觸過。」釉子在一旁提醒。

「你說得對！」

大家迅速聯繫了那位帶著鸚鵡逛故宮的貓先生，一聽到宮貓們要找適合賞鳥的地方，貓先生像是遇到知音，馬上毛遂自薦要規劃行程。

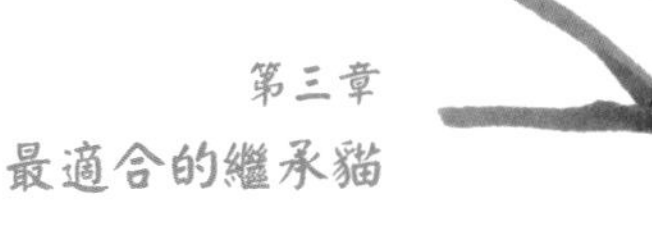

「我們不是要去玩，是要去找貓。別推薦我們熱門的地點，最好是一個鳥友都碰不到的地方。」尺玉趕緊解釋，讓貓先生迅速冷靜下來。

「好吧……那我想得到的只有三個地方……」

絲絲愛鳥又喜歡避開貓群，如果前往貓先生提供的三個冷門的賞鳥地點，或許就有機會找到她。

「不必三個地方都去。」西山想了想。「是否有當季適合賞鳥、絕對不容錯過，卻沒有什麼貓會去的地方？在那裡找到絲絲的機率會更高。」

「那就是茸茸湖啦！」貓先

生果然是行家，有求必應。「現在是秋天，天鵝開始向南方遷徙，茸茸湖是牠們棲息的其中一站。但那裡不太容易到達，如果只是想觀賞天鵝，還有更好的選擇，所以鳥友們通常不會去那裡。」

宮貓們心中燃起了希望：只要去茸茸湖，就極有可能找到絲絲！

西山用最快的速度將地圖繪製完畢。「茸茸湖確實難以抵達，不建議你們全部前往，尺玉和琉璃小姐的身手最敏捷，就由二位去吧！」

「好！」尺玉一口答應，琉璃也毫不猶豫的點頭。

第四章

召喚天鵝

茸茸湖之所以叫做茸茸湖，是因為湖邊長滿了白茫茫的蘆葦，秋風一吹，彎彎的蘆葦隨風搖擺，整個湖區好似一頭毛茸茸的大貓靜臥著，非常賞心悅目。

但那裡遠離城市，也沒有設置步道或鋪馬路，無法依靠交通工具抵達，必須靠著自己的貓爪，一步一腳印的走過去。

尺玉和琉璃的優勢這時候就彰顯出來了。他們可以輕鬆的躍過壕溝，可以兩三下就翻過陡坡，可以直接跳下小山丘並輕盈的著陸。

論速度，琉璃和尺玉不相上下，但在荒郊野外，對路痴來說簡直像是身處在迷宮裡，因此琉璃寸步不離的跟著尺玉，尺玉往前她才往前，尺玉停下她一定也會停下。

「有沒有覺得我這個前輩很可靠？」尺玉邊前進邊轉過頭，裝模作樣的問琉璃。

琉璃一句話也不說。

「前輩帶路這麼辛苦，都不肯誇獎一下嗎？」

「前輩。」琉璃指向前方。

「什麼？」尺玉剛把注意力移回前方，立刻撞上一棵大樹。

琉璃：「小心。」

尺玉：「……」

當然，琉璃也不是傻傻跟著尺玉，趕路時，她會適時停下來，觀察地上的某個貓腳印，或是樹上的一撮金黃色貓毛，再告訴尺玉：「路線需要微調。」

尺玉佩服不已，也就不敢得意忘形了。

二貓互相配合，進展十分順利，附近的景色已經開始出現飄逸的蘆葦了。

茸茸湖到了。

這裡的確像是西山準備的資料所描述的：蘆葦環繞著廣闊的湖面，秋風一遍一遍的輕拂它們，陽光灑落，空氣中有著金黃色的葦絮飄舞，是一個安靜又冷清的地方。

二貓在湖邊站了一會兒，琉璃便注意到遠方的湖面上有一大片純白色的物體，應該就是貓先生說的天鵝，尺玉和琉璃便朝那裡走去。

靠近後，他們發現在一片蘆葦中間有一頂帳篷，表示有貓在這裡。

琉璃立即就想再靠近一點，卻被尺玉一把抓住，再拉著她一起蹲下，隱藏他們的身影。

琉璃疑惑的看向尺玉，尺玉只是做了一個「安靜」的手勢，然後撿起一顆石頭，遠遠的丟到岸邊。

撲通！

靠近岸邊的天鵝受到驚嚇，立刻展翅離開，移動到湖中央。

「喵嗚……」

這時尺玉和琉璃看見一位原本趴在蘆葦叢中的貓少女站了起來，她戴著眼鏡，頭上的帽子插著蘆葦，衣裳也是和蘆葦顏色相近的土黃色。她一手拿著望遠鏡，另一手拿著一枝鉛筆，腋下還夾著一塊畫板。

顯然，她剛才正沉浸在一邊賞鳥，一邊繪畫的快樂中。然

而，現在快樂已離她遠去。

貓少女長得與織造奶奶描述的絲絲十分相像，看來尺玉和琉璃不虛此行。

「誰在那裡？」絲絲觀察著周遭，看起來難過又生氣。

尺玉示意琉璃繼續躲著，自己則現身打招呼：「打擾了，我是貓兒房事務所的宮貓。」

絲絲本能的後退了一步，毫不掩飾對接觸其他貓的抗拒。

「你聽過貓兒房事務所嗎？我們專門為貓實現心願，這次找你，是代表……」

還沒等尺玉說完，絲絲轉身就想跑。

但她的腳步還沒有邁開就停

下了，因為琉璃不知何時來到她面前，擋住了她的退路。

此刻絲絲就像一株在狂風中無助顫抖的蘆葦，她小聲的問：「你們想做什麼？」

「別緊張，你叫做絲絲對吧？我們先自我介紹，我是尺玉，她是琉璃。你還記得你幫助過一位織造奶奶嗎？我們來找你，是想幫她完成心願。織造奶奶其實是一位國寶級的繡娘，最近要找繼承她手藝的貓，而她對你的印象非常深刻。」

尺玉一口氣說完後，絲絲的臉上隱約流露出喜悅的神色。

「都過去那麼久了，織造奶奶還……」她情不自禁的自言自

語，忽然又收斂起情緒。「但是我已經明確拒絕過她了，我的想法仍然沒有改變。」

尺玉焦急道：「喵繡是一門偉大的藝術，如果沒有貓繼承，織造奶奶開創的香繡技法就有可能消失，那將是整個平原國的損失！請你再考慮一下好嗎？」

「請不要為難我，我最討厭拋頭露面了。」絲絲小心翼翼，卻努力保持堅定的說：「而且我也不喜歡喵繡。」

「你喜歡。」琉璃的聲音雖然輕柔，語調卻不容置疑，她的眼睛緊盯著絲絲手中的畫板。

——上面的草圖，分明就是一個喵繡的紋樣！

絲絲像是被揭發了天大的祕密，急忙將畫板藏到身後，沒想到琉璃又伸出手，指向她的衣服。

雖然那是一件樸素的土黃色衣裳，但仔細看會發現，布料上竟然繡著栩栩如生的飛鳥。

不等絲絲解釋，琉璃又指向不遠處的帳篷，那上面繡滿了蘆葦的圖案，一看便知道是為了更好的隱藏起來。

「你繡的。」琉璃再次開口。

「不……」絲絲有如垂死掙扎般的不停搖頭否認。

「很棒。」琉璃真誠而簡短的讚美。

絲絲的臉紅透了，她抿著嘴，不願再應答。

反而是尺玉很興奮。「原來你一直都沒有放下喵繡！如果真的不喜歡，怎麼會做這些東西呢？你絕對是繼承喵繡的最佳貓選。更何況，繼承織造奶奶的技藝，不代表要拋頭露面啊！你可以潛心創作，只要展現成果就好。」

絲絲的臉上浮現了憧憬的神情，卻又快速的用力搖頭，像是要驅逐什麼不愉快的記憶似的。「請你們不要再打擾我和小鳥相處了！」

她跑向湖的另一邊，湖中心的天鵝也正往那處移動。

絲絲從口袋拿出一把鳥飼料，放在掌心的肉墊上，努力伸長手臂。

有一隻天鵝發現了，緩慢的向絲絲游過去。

絲絲緊張又期待，天鵝游近了，更近了……

啪啪啪啪！

天鵝終究沒有選擇親近絲絲，再次振翅而去。這次，牠們直接飛向了天空。

「喵嗚……」絲絲嘴脣顫抖，失望得就快哭出來了。

尺玉和琉璃隔著一段距離觀察絲絲，尺玉說：「看來她真的很喜歡鳥，如果能滿足她親近鳥的心願，也許她會願意與我們好

好好談談。」

琉璃點頭，開始想辦法，想著想著，突然發現尺玉在打量她。

琉璃一頭霧水，尺玉則眼神發亮，說道：「我忽然想到，之前你吹葉笛時，鸚鵡被笛聲吸引了過來。」

琉璃立刻用「現在說這些話要做什麼」的眼神瞪著尺玉。

「我不是要捉弄你，我只是覺得，當時那些鸚鵡的表現很奇怪，好像被催眠似的。」尺玉摸著下巴思考。「你說，你的笛聲會不會有魔力？」

琉璃一臉「不想和你討論這個話題」的表情。

「來嘛！你再吹吹看！」尺玉摘了兩片葉子，塞進琉璃手裡。「如果你能控制鳥，對這次的任務就太有幫助了！」

琉璃：「……」

「我聽說不愛說話的貓，情感其實都很豐富，說不定就是因為這樣，鳥才能透過笛聲，聽見你內心的聲音。」尺玉說得頭頭是道。「你試試看嘛！再不吹葉笛，那些天鵝都要飛走了！」

琉璃帶著無奈和半信半疑的心情折好葉笛，含在嘴脣間，她凝視著飛向遠方快要變成小白點的天鵝，心中默念：請回來！接著吹響葉笛。

嗶哩——嗶哩——

笛聲一開始還是不好聽，琉璃真的覺得很丟臉，但漸漸的，聲音越來越清脆、悠揚。

聽見笛聲的絲絲轉頭，又看到了那兩位宮貓，這令她感到非常焦慮。然而很快的，她轉憂為喜，因為天鵝們「迷途知返」，循著笛聲回來了！

「喵喵喵……」絲絲情不自禁的張開雙臂，想把這幅美麗的畫面擁入懷中。

「琉璃，你得到了超厲害的新技能，我太佩服你了！」尺玉大力鼓掌，讚美著琉璃。「你再試試，看看能不能請天鵝們陪在絲絲身邊？」

琉璃表面風平浪靜，其實內

心波濤洶湧。尺玉發掘出連她自己都不知道的才能，這讓琉璃不禁對他刮目相看。她默念著尺玉的要求，再吹出葉笛，希望能傳達給天鵝們。

笛聲變得不再突兀與刺耳，天鵝們也溫馴的收攏翅膀，降落在絲絲身旁。

絲絲有如身處於幸福的夢境中，前後左右都是美麗的天鵝，還對她非常友善。絲絲連忙掏出鳥飼料，這一次，天鵝們主動湊上來吃，讓她激動得快暈倒了。

許久後，天鵝們才拍著翅膀飛走，這回，絲絲目送牠們離開的神情是開心、滿足的。

當她收回視線，才發現尺玉

和琉璃一直在旁邊靜靜的等候。就算是經常拒貓於千里之外的絲絲，此刻也有些感動。

「謝謝。」她輕聲道謝。

「難怪你喜歡鳥，其實你們很像。」尺玉開玩笑的說：「我們一靠近，你就想逃跑。可是有時候放下防備，給彼此一個交流的機會，也不是壞事啊！」

絲絲低下頭，小聲的說：「有時候就是壞事。」

尺玉聽出弦外之音。「你遇過什麼壞事嗎？」

絲絲的雙手緊緊捏住衣角，拒絕回憶。

琉璃淡淡的說：「沒有誰是生來就孤獨的。」

聽到這句話，絲絲終於下定決心，娓娓道來她的故事：「小時候因為父母工作的關係，我經常搬家。每搬家一次，就要重新適應新的生活，那是很不容易的事。有時因為口音、習慣的不同，還會被嘲笑。有時大家才剛變得熟悉，我又必須離開了。」

尺玉猜測道：「所以你習慣獨來獨往，因為沒有期待就不會失望？」

絲絲沒有回答，繼續說下去：「後來我接觸到喵繡，迷上了這門美麗的技藝，就開始自學，也做一些貓毛氈、平原國結和十字繡之類的手工藝，同時鍛鍊我的指法。有一天，新班級的

一個同學快過生日了，我想，也許可以送她一個我做的喵繡當作禮物……」

絲絲說到這裡，又停了下來。琉璃輕拍她的肩膀，鼓勵她面對過往。

「那個同學收下了，那是我很用心做的，我本來以為她會喜歡。後來，我竟然在垃圾桶裡找到那個禮物，還聽到她私下取笑我，說她和我不熟，我卻想用便宜貨收買貓心……」

琉璃一聽便皺起眉頭，尺玉則忍不住握緊拳頭。

「我也曾經寄禮物給以前的同學，直到那天我才開始反思，我認為的友誼，會不會根本沒有

貓在乎？之後，我又輾轉搬到好幾個城市，每一次都讓我更抗拒融入團體……」

絲絲說完她的經歷，最後苦笑著說：「我喜歡賞鳥，是因為這是個要保持距離、互不打擾的興趣，而小鳥們的美麗也能帶給我創作的靈感。」

尺玉嚴肅的說：「但你有沒有想過，小鳥們不會和自己的同伴保持距離。你曾經被一些貓傷害，這代表他們不是你的『同伴』，你不該為他們封閉自己的心房。」

琉璃點頭贊同。

「告訴你一個祕密，其實不久前，我還是一隻流浪貓呢！」

尺玉突然說道。

絲絲驚訝的看著尺玉，眼前的宮貓器宇軒昂，完全看不出來曾經是隻居無定所的流浪貓。

「流浪的時候會不停換地方居住，我不受歡迎的次數不會比你少，但我覺得無所謂，畢竟多數時候都是因為遇到討厭的傢伙。」尺玉坦然的說：「但我也遇過許多好貓。如果我和你一樣，『一朝被蛇咬，十年怕草繩』，就沒有機會遇到現在的夥伴了，那我一定會覺得很可惜。」

一直嘗試把自己的存在感降到最低、不斷躲避眼神交流的絲絲，心情第一次變得平靜。

「你仔細想想，難道從未遇過真心對待你的貓嗎？」

絲絲腦中浮現織造奶奶的身影，她的眼眶瞬間就紅了。

「你喜歡喵繡，你只是害怕再次受傷。」尺玉誠懇的說：「相信我，故宮是個大家庭，大家都會互相尊重。如果你想要安靜和自由，誰都不會打擾你。不過，當你需要關心和幫助的時候，我們一定都會在。」

絲絲嘴巴微張，再也說不出拒絕的話。

「走吧！織造奶奶看到你，一定會很高興。」尺玉熱情邀請。「我們也都住在故宮裡，如果以後想賞鳥，就找這位『葉笛

大師』琉璃，保證隨叫隨到！」

琉璃先是瞪了尺玉一眼，才溫柔的對絲絲點頭。

絲絲終於開口：「好的。」

下定決心的瞬間，她露出了如釋重負的美麗微笑。

琉璃也嘴角微彎，輕轉手中的葉笛，隨即放入嘴脣間。

優美的笛聲再次響起，一行行飛鳥依序掠過三貓的頭頂，些許羽毛翩翩飄落，而小鳥們振翅拍打的聲音，就像在為勇敢的絲絲鼓掌。

貓兒房小知識

見030-031頁

原文

繡娘是從事喵繡的女性工藝師。喵繡是平原國的傳統手工藝，有數千年的歷史，類別眾多，技法繁複，對一般貓民的日常衣物製作有著重要的裝飾作用。

貓兒房小知識

喵繡來自「京繡」，京繡是從中國北京民間開始發展的刺繡，在明朝與清朝時已有獨立的京繡行業，以刺繡各種服飾和日常生活用品為主，其中以刺繡京劇的劇服最為著名。京繡的構圖嚴謹，裝飾華麗，款式多樣，有戳紗、鋪絨、釘線、網繡、平金、堆繡、穿珠和十字挑花等繡法。

明〈灑線繡蜀葵荷花五毒紋經皮面〉

中國故宮博物院館藏

貓兒房小筆記

貓兒房小筆記

國家圖書館出版品預行編目（CIP）資料

貓兒房事務所 6 尋找喵繡天才 / 兩色風景作；鄭兆辰繪 . -- 初版 . -- 新北市：大眾國際書局股份有限公司大邑文化 , 西元 2024.7
88 面；15x21 公分 . --（魔法學園；17）
ISBN 978-626-7258-79-8（平裝）

859.6　　113006179

魔法學園 CHH017

貓兒房事務所 6 尋找喵繡天才

作　　者　兩色風景
繪　　者　鄭兆辰

主　　編　徐淑惠
執行編輯　邱依庭
封面設計　張雅慧
排版公司　菩薩蠻數位文化有限公司
行銷業務　楊毓群、蔡雯嘉、許予璇
副總經理　楊欣倫

出版發行　大眾國際書局股份有限公司 大邑文化
地　　址　22069 新北市板橋區三民路二段 37 號 16 樓之 1
電　　話　02-2961-5808（代表號）
傳　　真　02-2961-6488
信　　箱　service@popularworld.com
大邑文化官網　https://www.polispress.com.tw/

總經銷　聯合發行股份有限公司
電話　02-2917-8022　　傳真　02-2915-7212

法律顧問　葉繼升律師
初版一刷　西元 2024 年 7 月
定　　價　新臺幣 280 元
I S B N　978-626-7258-79-8

大邑文化讀者回函

謝謝您購買大邑文化圖書，為了讓我們可以做出更優質的好書，我們需要您寶貴的意見。回答以下問題後，請沿虛線剪下本頁，對折後寄給我們（免貼郵票）。日後大邑文化的新書資訊跟優惠活動，都會優先與您分享喔！

您購買的書名：＿＿＿＿＿＿＿＿＿＿＿＿＿＿＿＿

您的基本資料：

姓名：＿＿＿＿＿＿，生日：＿＿年＿＿月＿＿日，性別：□男　□女

電話：＿＿＿＿＿＿＿＿，行動電話：＿＿＿＿＿＿＿＿

E-mail：＿＿＿＿＿＿＿＿＿＿＿＿＿＿＿＿

地址：□□□-□□＿＿＿＿＿縣／市＿＿＿＿＿鄉／鎮／市／區

＿＿＿＿路／街＿＿＿段＿＿＿巷＿＿＿弄＿＿＿號＿＿＿樓／室

職業：

□學生，就讀學校：＿＿＿＿＿＿＿＿＿＿，＿＿＿＿＿年級

□教職，任教學校：＿＿＿＿＿＿＿＿＿＿＿＿＿＿＿＿

□家長，服務單位：＿＿＿＿＿＿＿＿＿＿＿＿＿＿＿＿

□其他：＿＿＿＿＿＿＿＿＿＿＿＿＿＿＿＿

您對本書的看法：

您從哪裡知道這本書？□書店　□網路　□報章雜誌　□廣播電視

□親友推薦　□師長推薦　□其他＿＿＿＿＿＿＿＿＿＿

您從哪裡購買這本書？□書店　□網路書店　□書展　□其他＿＿＿＿＿

您對本書的意見？

書名：□非常好□好□普通□不好　　封面：□非常好□好□普通□不好

插圖：□非常好□好□普通□不好　　版面：□非常好□好□普通□不好

內容：□非常好□好□普通□不好　　價格：□非常好□好□普通□不好

您希望本公司出版哪些類型書籍（可複選）

□繪本□童話□漫畫□科普□小說□散文□人物傳記□歷史書

□兒童/青少年文學□親子叢書□幼兒讀本□語文工具書□其他＿＿＿＿

您對這本書及本公司有什麼建議或想法，都可以告訴我們喔！

＿＿＿＿＿＿＿＿＿＿＿＿＿＿＿＿＿＿＿＿

＿＿＿＿＿＿＿＿＿＿＿＿＿＿＿＿＿＿＿＿

＿＿＿＿＿＿＿＿＿＿＿＿＿＿＿＿＿＿＿＿

廣告回信
板橋郵局登記證
板橋廣字第987號
免貼郵票

220-69

新北市板橋區三民路二段37號16樓之1

大邑文化 收

寄件人地址：

□□□-□□ ______縣/市 ______鄉/鎮/市/區

______路/街 ______段 ______巷 ______弄 ______號 ______樓/室

大邑文化

服務電話：（02）2961-5808（代表號）
傳真專線：（02）2961-6488
e-mail：service@popularworld.com
大邑文化官網：https://www.polispress.com.tw/